ALFABETIZANDO

PRIMERA EDICION

MARINA M. MIRANDA

Y

CARLOS M. HERNANDEZ

TITULO: ALFABETIZANDO

Primera Edición, Abril 2009

ISBN: 978-0-578-02145-4

Autores: Marina M. Miranda, Carlos M. Hernández

Diseño: Carlos M. Hernández

Ilustraciones: © 2009 Jupiterimages Corporation

PREFACIO

Me gradué como maestra de educación primaria en la Escuela Normal de la ciudad de Chinameca, Departamento de San Miguel, El Salvador. Al ingresar al magisterio, trabajé como maestra durante 19 años. Parte de ese tiempo fue un gran honor de dedicarme a la noble y abnegada misión de la enseñanza. Para mi representó un gran reto y fue una experiencia tan maravillosa al ver que los alumnos, en su mayoría, estaban leyendo y escribiendo en 8 meses.

En la enseñanza de la lectura existen dificultades con el aprendizaje de algunas letras del alfabeto al combinarlas con las vocales. Al tener en cuenta estos problemas, tenemos que planificar tanto la enseñanza de la lectura como la escritura con el fin de ordenarla y graduarla a la mentalidad del estudiante, procurando que sea lo más sencilla posible con la intención de despertar el amor a la lectura en los alumnos.

Le agradezco a mi madre, Isabel Rosales, por haberme orientado en conocer a profundidad los serios problemas que enfrentan los niños en el proceso del aprendizaje de la lectura y escritura. Ella fue una maestra que se distinguió por amar profundamente a los niños y su abnegación la demostró durante 40 años ejerciendo el magisterio. Ella me inculcó que, como maestra, el mejor pedestal al que yo debía aspirar era el corazón de cada niño.

Al retirarme del magisterio, siempre mi deseo fue de recoger todas mis experiencias y unirlas con las de mi madre para plasmarlas en un libro a la niñez y a los que se dedican a combatir el analfabetismo.

Si este libro ha sido de gran utilidad para usted, le sugiero que lo recomiende a sus amistades.

Anticipándoles mis agradecimientos,

Marina Margarita Miranda

A a

ajo

alfarero

árbol

avestruz

aula

ajedrez

E e

escultor

escalera

equipaje

enfermo

elefante

esfinge

I i

iglú

india

impresora

imán

ídolo

isla

O o

oso

olla

ocaso

olor

ola

orca

U u

uvas

unicornio

uñas

uniforme

a	e	i	o	u
u	i	a	e	o
o	u	e	a	i

M  **mamá** m

ma – me – mi – mo – mu
me – mo – ma – mu – mi
mu – mi – mo – ma – me

ama

momia

amo

mima

mimo

emú

ama	me	mí	mío
amo	mi	mía	momo

Amo a mamá.
Mamá me ama.
Mamá me mima.

P p

papá

pa – pe – pi – po – pu
pe – po – pa – pu – pi
pu – pi – po – pa – pe

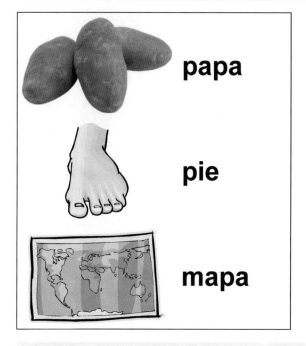

papa

pie

mapa

Papa

puma

popa

apio	pampa	poema	pomo	poma
apeo	pipa	pío	pompa	púa

Amo a papá.
Mi papá me mima.
Papá ama a mi mamá.

L l

lupa

la – le – li – lo – lu
le – lo – la – lu – li
lu – li – lo – la – le

pulpo

pala

miel

paloma

ala	lila	mala	pala	pila
alma	lima	malo	palma	polea
amapola	limpio	miel	papel	polo
aula	lío	mil	pelea	pómulo
leal	loma	milpa	pelo	pupila
lema	lomo	mole	piel	ópalo

El papel limpio.
Lila ama a mamá.
La mula mala lame mi pelo.

S

sol

S

sa – se – si – so – su
se – so – sa – su – si
su – si – so – sa – se

sopa

sal

seis

sapo

Alpes	esos	masa	pasa	paseo	sala	solo
as	esa	mesa	paso	pésame	salsa	suela
aseo	esas	misa	peso	pésimo	sesos	sumiso
Asia	ese	mes	piso	pulso	silo	sumo
asilo	eso	asma	pose	impulso	sol	isla

El oso se pasea.
La sopa es mía.
Samuel sale solo.
Isaías asea el asilo.

D

dado

d

da – de – di – do – du
de – do – da – du – di
du – di – do – da – de

pesado

soldado

dos

miedo

dama	media	melodía	mudo	pedal
deuda	medida	moda	lado	pasado
diadema	mediodía	modelo	lodo	piedad
dosis	medusa	molde	dedal	saludo

Elisa es modelo.
El día es soleado.
Dimas es soldado.
Mamá usa el dedal.
La miel es de Dalila.
Esa lima es de Lidia.

T

tomate

t

ta – te – ti – to – tu
te – to – ta – tu – ti
tu – ti – to – ta – te

 té

tela

 siete

pastel

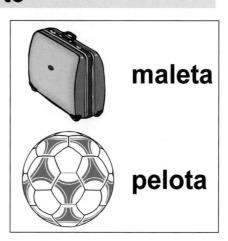 maleta

pelota

esta	mata	mitad	pasta	pista	tapado
este	meta	mota	pata	pita	tío
esto	metido	motel	patito	poste	topo
delito	método	oeste	pato	tapa	tul

El pito es de Tito.
Mi tía está de luto.
Esa tela es de seda.
Timoteo toma su té.
El soldado está sudado.
Ese tomate es de Mateo.

N  n

nene

na – ne – ni – no – nu
ne – no – na – nu – ni
nu – ni – no – na – ne

piano

nido

uno

pan

limón

mono

enano	lona	motín	nata	nopal	sien
lana	luna	mundo	neto	nudo	sonido
limonada	mano	nada	nieto	salón	pino
línea	monte	nana	nota	sano	pena

Dina pasea al nene.
El piano es de Danilo.
El enano pide limonada.
Ese mono es de Manolo.
Ana le da pan a su nana.
Ese nido es de la paloma.

B

bate

b

ba – be – bi – bo – bu
be – bo – ba – bu – bi
bu – bi – bo – ba – be

 autobús

 bata

 balsa

 botas

 beso

 boda

abuelo	balde	base	bestia	bolsa	bueno
baba	balido	baúl	bien	bote	débil
baile	bálsamo	bebé	boina	botín	nube
bala	banda	bebida	boleto	botón	sabio

La bata es de mi tía.
Samuel está bailando.
Mi abuelo usa bastón.
Manuel toma bastante té.
Esa banana es de mi mamá.

J

jinete

j

 abeja

 jabalí

 espejo

 jaula

 jabalina

 japonés

ajo	enojo	jamón	justo	manejo	tajada
atajo	jabón	Japón	laja	manojo	teja
bajada	jade	jubilado	lejos	ojo	tejado
bajo	jamás	junto	lija	paja	tinaja

Jaime está enojado.
Jimena usa su jabón.
Julio usa su jabalina.
José está en el tejado.
Esa jaula es de metal.
Julia maneja su auto.

C

camisa

C

ca – co – cu
cu – co – ca
ca – cu – co

 tucán

casa

 casco

 conejo

 camino

 pelícano

beca	campeón	cana	canela	cometa	copa
boca	campana	canal	codo	cómico	culpa
caja	campo	canasta	cojo	cómodo	cuna
can	camión	candil	cola	común	música

Camilo usa su casco.
Mi abuelo tiene canas.
Camelia usa su abanico.
Catalina toca la campana.
Camila cojea cuando camina.

R

reloj

r

ra – re – ri – ro – ru
re – ro – ra – ru – ri
ru – ri – ro – ra – re

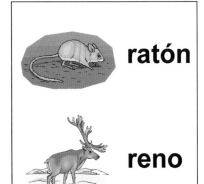 ratón

reno

 rana

rábano

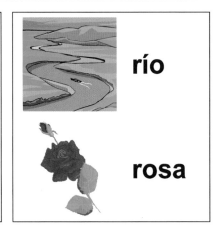 río

rosa

rabia	rama	reina	risa	rótulo	ruin
rabino	ramo	reja	roca	rubí	ruina
rabo	real	remedio	rojo	rubia	ruleta
radio	red	remolino	rosado	ruedo	ruta

El rubí es rojo.
Esa rosa es rosada.
Ese radio es de Rómulo.
René rema con su bote en el río.
Rina come una rebanada de pan.
Ramón tiene un reloj en su mano.

Ch  ch

chile

cha – che – chi – cho – chu
che – cho – cha – chu – chi
chu – chi – cho – cha – che

 ocho

 leche

 lancha

 chaleco

 mochila

 pichones

China	lecho	macho	chocolate	ancho
chino	techo	mecha	chimenea	coche
chapa	pecho	mucho	chico	chiste
cacho	noche	mancha	chuleta	chispa

El nene toma su leche.
Mi casa tiene chimenea.
Rosa tiene una mochila.
Los chinos son de China.
Ana come mucho chocolate.
René baja los pichones del nido.

F

foco

fa – fe – fi – fo – fu
fe – fo – fa – fu – fi
fu – fi – fo – fa – fe

falda

foca

delfín

fútbol

café

sofá

fábula	famoso	fe	fiesta	final	fondo
facha	fanático	fecha	fila	finca	foto
faena	fantasía	feo	filo	fino	fuente
familia	fauna	ficha	filete	fonda	jefe

Suena el teléfono.
Papá toma mucho café.
La falda de Filomena es café.
El jefe de mi mamá es Felipe.
El nene tiene su osito de felpa.
Fidelina está sentada en el sofá.

V  V

violín

va – ve – vi – vo – vu
ve – vo – va – vu – vi
vu – vi – vo – va – ve

 oveja

 venado

 vaca

volcán

 vino

avión

automóvil	vacuna	vaso	viento	visita
ave	vaina	vela	vida	voto
avenida	valiente	ventana	violeta	vuelo
aviso	válvula	vestido	visa	lava

Eva toca su violín.
Tomo leche en un vaso.
El vestido de Violeta está roto.
La casa de Ovidio tiene ventanas.
La oveja nos da su lana, leche, carne.
La navaja no se toca, tiene mucho filo.

23

Ñ

ñandú

ñ

ña – ñe – ñi – ño – ñu
ñe – ño – ña – ñu – ñi
ñu – ñi – ño – ña – ñe

 peña

 cañón

 piña

 leña

 muñeca

 cabaña

añejo	baño	cuñado	niño	pañuelo
añicos	caña	daño	otoño	puño
añil	cáñamo	dueño	pañal	uña
año	cuña	mañana	paño	sueño

Me baño en la tina.
El ñandú es un ave.
Esa muñeca es de Rina.
Mamá me asea las uñas.
Esa falda la teñí de rojo.
Junio, julio son meses del año.

toro

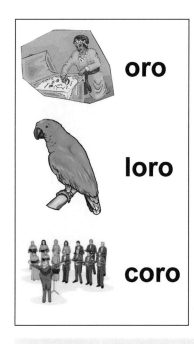 oro	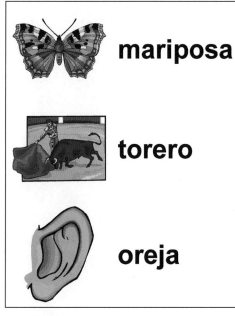 mariposa	 araña
loro	torero	pera
coro	oreja	pirata

arado	cura	moreno	pirámide	raro	vara
aro	maduro	oriente	piraña	ratero	verano
cara	mora	pareja	pirata	salero	vereda
caro	morado	perico	poro	sirena	virus

Veo la tela de la araña.
El torero torea al toro.
La berenjena es morada.
La sal se pone en el salero.
La casa de Sara tiene muro.
La mariposa vuela en mi jardín.

Ll  ll

llama

lla – lle – lli – llo – llu
lle – llo – lla – llu – lli
llu – lli – llo – lla – lle

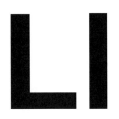 camello

martillo

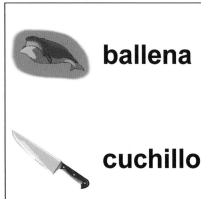 ballena

cuchillo

 olla

llaves

ballenato	calle	llanto	pillo	tallo
ballesta	callejón	llanura	pollo	tobillo
botella	callo	llavero	sello	valle
callado	folleto	lluvia	silla	vello

Ese cuchillo tiene filo.
El camello tiene dos jorobas.
Rafael es un muchacho callado.
El cabello de mi mamá es bello.
Esa llave es de la casa de Camila.
La llama es un animal de América.

cisne

ce – ci
ci – ce

 cinco

 cena

 cerca

 cebolla

 cemento

 cerdo

 cepillo

 cincel

 ciudad

cien	cebada	ciruela	celaje	calcio
cita	cebo	cine	celeste	ocio
cincuenta	cebú	ciempiés	celos	doce

Doce meses tiene el año.
El cebú tiene una joroba.
Veo los celajes en el cielo.
Celia tiene calcetines rosados.
El cirujano operó a mi mamá.
Una centena tiene cien unidades.

G

gallina

g

ga – go – gu
go – gu – ga
gu – ga - go

 gacela

 góndola

 gato

 gaita

 guante

ganso

ganso	galería	gota	galón	gusano
guardia	galleta	gotera	agua	goloso
gatear	gallinero	gotero	agudo	goma
galgo	gallo	gasolina	figura	gusto

José me regaló un gato.
El ganso nada en el lago.
Gamaliel es amigo de Galileo.
Galilea me regaló una galleta.
Me gusta la carne de la gallina.
En el gallinero vive el gallo con la gallina.

 **ferrocarril**

rra – rre – rri – rro – rru
rre – rro – rra – rru – rri
rru – rri – rro – rra – rre

 perro

barro

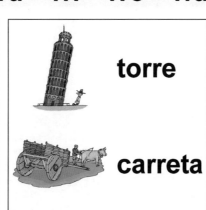 torre

carreta

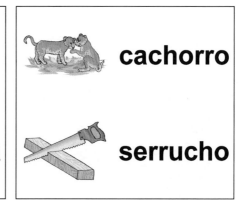 cachorro

serrucho

barrio	carretilla	arruga	tierra	carril
barrer	carretera	arrullo	amarrar	derretir
barril	carro	arroba	espárragos	derrota
borrador	carrera	barrera	incorrecto	garrote

Rosa barre el corredor.
Ese serrucho es de mi papá.
El carro corre por la carretera.
La perrita tiene ocho cachorros.
A Rómulo le gustan los espárragos.
Ramiro acarrea barro en la carretilla.

Y y

yegua

ya – ye – yi – yo – yu
ye – yo – ya – yu – yi
yu – yi – yo – ya – ye

 rey

 payaso

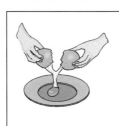 yema

 yunta

 yelmo

 yeso

yarda	yuca	puya	mayor	papaya
yoyo	yate	arroyo	Maya	ayuda
yen	ley	ayuno	mayordomo	leyenda
yerno	joya	mayoría	mayonesa	mayo

Yolanda come yuca.
Mayo es un mes del año.
Del yute se hacen sacos.
Gustavo está en el arroyo.
El payaso juega con su yoyo.
En el palacio real vive el rey y la reina.

H  h

hipopótamo

ha – he – hi – ho – hu
he – ho – ha – hu – hi
hu – hi – ho – ha – he

 huevo

 harina

 hiena

 hormiga

 hoyo

 horno

hielo	hogar	hierba	hacha	hueso
honda	hoja	helecho	hermano	halcón
hora	honor	higo	hijo	historia
hiel	hilo	humo	huella	cohete

De la harina se hace pan.
A Samuel le duele el hígado.
El hipopótamo vive en el río.
El cincho de papá tiene hebilla.
En el huerto se cultivan las verduras.
La hiena es un animal nocturno y hediondo.

gelatina

ge – gi
gi – ge

 girasol

 gigante

 gemelas

 giba

 genio

 gitana

 gimnasio

 gema

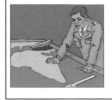 general

gente	gemido	germen	gentío	geología
gene	gentil	gesto	gestión	genuino
Génesis	geranio	girar	gerencia	genial

Gervasio es muy generoso.
Argentina es un país de Sur América.
Los gitanos no viven en un solo lugar.
He corrido mucho, estoy muy agitado.
Genoveva y Genaro son mis hermanos.

Z

zorra

Z

za – ze – zi – zo – zu
ze – zo – za – zu – zi
zu – zi – zo – za – ze

 buzo

 buzón

 azafata

 zorrillo

 zapatos

 cazador

zope	lechuza	paz	zanco	zinc
zanahoria	luz	pez	zancudo	zurdo
zapatilla	lazo	pizarra	zoológico	zepelín
zapatero	loza	pozo	zona	pozo

El cielo es azul.
La abeja zumba.
Gerardo es un buzo.
Tomo leche en una taza.
El zumo del limón no me gusta.
Diez unidades hacen una decena.

Q

queso

q

que – qui
qui – que

 químico

 buque

 yunque

 bosque

 raqueta

 arquero

 vaquero

 esquimal

 paquete

Quito	quijote	líquido	pequeño	quimera
queja	quince	tanque	esquina	quintal
quijada	quinto	arquitecto	izquierda	quetzal

Quintanilla es un apellido.
Quito es la capital de Ecuador.
El tenis se juega con una raqueta.
El quintal es una medida de peso.
En el quirófano opera el cirujano.
Paquita se quemó la boca con el té caliente.

Pl  pluma pl

pla – ple – pli – plo – plu
ple – plo – pla – plu – pli
plu – pli – plo – pla – ple

 playa

 soplar

 plancha

 planeta

 plato

 planta

plata	empleo	plebeyo	plétora	plomo
platicar	simple	plazo	plomada	plural
plátano	amplio	plaza	plomero	platero
platino	duplicar	pleito	plumero	pliego

Vivimos en el planeta tierra.
Mi mamá aplancha mi vestido.
El plumero sirve para el aseo de la casa.
El platero es la persona que hace objetos de plata.
La plomada es un lápiz de plomo que sirve para señalar una cosa.

Br  brocha br

bra – bre – bri – bro – bru
bre – bro – bra – bru – bri
bru – bri – bro – bra – bre

 brújula

 broca

 bruma

 brócoli

 libro

 bruja

brama	brindar	brea	brasa	pesebre
bramido	brinco	brigada	brillo	abrazo
broma	brocal	bronce	libreta	abrir
breve	bronco	Brasil	librería	cabra

El toro brama.
En la librería se venden libros.
A Braulio no le gusta el brócoli.
El niño Jesús está en el pesebre.
Brasil es un país de América del Sur.
La hembra del caballo se llama yegua.

guineo

gue – gui
gui – gue

 ceguera	 águila	 guitarra
guía	aguijón	guerrero
juguete	hoguera	manguera

guerra	dengue	guinda	guión	Guinea
aguerrido	aguinaldo	guisante	guiso	guiñar

Guillermo come guineo.
Miguel recibe su aguinaldo.
Guillermina toca la guitarra.
Miguel es hermano de Águeda.
Las patas del águila tienen garras.
El hijo del águila se llama aguilucho.

Fr  fresa fr

fra – fre – fri – fro – fru
fre – fro – fra – fru – fri
fru – fri – fro – fra – fre

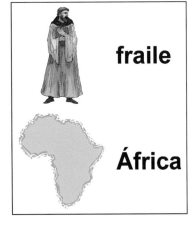 fraile

África

 fregadero

naufragio

 frijoles

frasco

fragancia	freír	frío	frente	frotar
fracaso	fresno	frito	freno	fruncir
frágil	fresco	franela	frontera	frondoso

En Chile hay mucho azufre.
El Titanic es un barco que naufragó.
A Francisca le gustan mucho las fresas.
En África hay muchos animales salvajes.
Mi mamá tiene las frutas en la refrigeradora.
A la recogida de la cosecha de la caña de azúcar
se le llama zafra.

Bl  blusa bl

bla – ble – bli – blo – blu
ble – blo – bla – blu – bli
blu – bli – blo – bla – ble

 pueblo

 roble

 cables

 tabla

 biblioteca

 convertible

blanco	blocar	temblor	poblado	hablar
blando	sable	temible	mueble	noble
blindado	fusible	doble	emblema	ombligo
blasfemia	neblina	posible	doblegar	doblez

Las víboras son animales temibles.
El fresno es un árbol de madera blanca.
Decir cosas feas de Dios es una blasfemia.
El roble es un árbol muy útil por su madera.
A los movimientos fuertes de la tierra se llama temblor.

pingüino

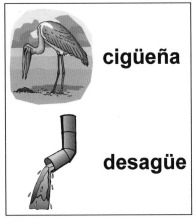

cigüeña

desagüe

pedigüeño

güiro

ungüento

vergüenza

agüero	argüir	güisquil	paragüero
agüita	averigüe	lengüeta	sinvergüenza
ambigüedad	bilingüe	lingüista	yegüero
antigüedad	contigüidad	nicaragüense	yegüita

Mi tío es nicaragüense.
Los pingüinos son aves.
La niña toma agüita en su vasito.
Mi mamá me puso ungüento en la herida.
Ramiro tiene vergüenza y se cubre la cara.
La persona que habla dos idiomas es bilingüe.

Pr  profesora **pr**

pra – pre – pri – pro – pru
pre – pro – pra – pru – pri
pru – pri – pro – pra – pre

prensa

princesa

primero

proyector

prisa

preso

príncipe	promedio	principio	propina
prisma	premeditar	prudente	préstamo
pregunta	prisión	primo	prueba
premio	prado	profeta	prólogo

El hijo de mi tía es mi primo.
Al hijo del rey se le llama príncipe.
La primavera es una estación del año.
Me gusta ir a la escuela porque el profesor nos
enseña muchas cosas interesantes.

Gl  globo gl

gla – gle – gli – glo – glu
gle – glo – gla – glu – gli
glu – gli – glo – gla – gle

 regla

 iglú

 gladiador

 jeroglífico

 glaciar

 glotón

anglo	siglas	gladiolo	glóbulo
glándula	siglo	inglés	glicerina
renglón	iglesia	gloria	glúteo

Cien años hacen un siglo.

La casa donde viven los esquimales se llama iglú.

Políglota es una persona que habla varios idiomas.

El conjunto de personas que se reúnen en el templo se llama Iglesia.

El glaciar es una masa de hielo que se forma en altas montañas y se desliza muy lentamente.

Tr  trigo   tr

tra – tre – tri – tro – tru
tre – tro – tra – tru – tri
tru – tri – tro – tra – tre

 cuatro

 trompeta

 tractor

tropa

 estrella

 tráfico

trapo	tres	potranca	entrada	trotar
traje	trece	potro	truco	tratar
tren	catre	patrón	trabajo	astro
trono	trucha	trozo	trío	patria
tranca	treinta	traidor	triunfo	trampa

Del trigo se hace la harina.
Los astros tienen luz propia.
Petronila duerme en su catre.
El sol y las estrellas son astros.
La hija de la yegua se llama potranca.

Fl  flamenco fl

fla – fle – fli – flo – flu
fle – flo – fla – flu – fli
flu – fli – flo – fla – fle

 flores

flauta

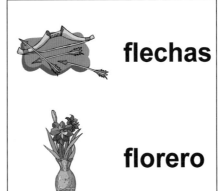 flechas

florero

 flotar

bafle

flaco	flema	inflamable	flojo	inflamado
flan	Florencia	influencia	flota	afligido
fleco	Florida	fluorescente	flora	aflojar

El picaflor o colibrí es un ave muy pequeña.
El flan se hace con yema de huevo, leche y azúcar.
La Florida es un estado de Estados Unidos.
La flauta es un instrumento musical de viento.
La flora es el conjunto de plantas que se desarrollan en una región.

K  kimono k

ka – ke – ki – ko – ku
ke – ko – ka – ku – ki
ku – ki – ko – ka – ke

 kayak

 ketchup

 vikingo

 karate

 kebab

 koala

ukelele	kilolitro	kan	Nueva York	rock
káiser	kilómetro	hockey	Pakistán	kilt
kilo	kilovatio	kremlin	karma	yak

Un kilómetro tiene mil metros.

En el kiosco se venden revistas y periódicos.

El kilt es una falda que usan los escoceses.

El kimono es un vestido que usan las mujeres de Japón.

El kayak es una canoa de pesca que la usan los esquimales.

Dr  dr

dromedario

dra – dre – dri – dro – dru
dre – dro – dra – dru – dri
dru – dri – dro – dra – dre

 **dragón**

 **ladrillo**

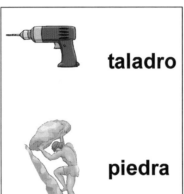 **taladro**

piedra

 **mandril**

salamandra

sidra	escuadra	madrina	drenaje	almendra
drama	escuadrón	padrino	deshidratar	Madrid
cuadro	cuadrúpedo	padrastro	madrugada	ladrar
cedro	pedregal	madrastra	pedrada	podrido

El ladrillo se hace de arcilla cocida.
El taladro se usa en las carpinterías.
El dromedario tiene una sola joroba o giba.
El dragón es un animal que tiene la forma de
serpiente con patas y alas.

Cl  clarinete cl

cla – cle – cli – clo – clu
cle – clo – cla – clu – cli
clu – cli – clo – cla – cle

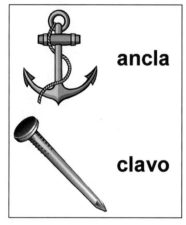 ancla

clavo

 motocicleta

esclavo

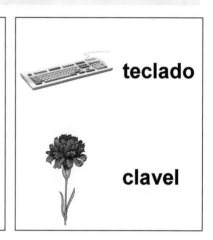 teclado

clavel

clara	clave	clero	cliente	clorofila
clase	clasificar	clérigo	cloro	club
claro	claudicar	clínica	cloaca	tecla
clásico	clemencia	clima	clon	recluta

La clínica es un hospital privado.
La gallina cloquea cuando está clueca.
El teclado se usa en las computadoras.
El ancla se usa para sujetar los barcos.
El clarinete es un instrumento musical.
La clorofila le da el color verde a las plantas.

Gr  gr

grabadora

gra – gre – gri – gro – gru
gre – gro – gra – gru – gri
gru – gri – gro – gra – gre

 grúa

 tigre

 graduación

engrapadora

 esgrima

grillo

granada	granizo	grave	grasa	engrudo
gramo	negro	sangre	grifo	gracia
grapa	grueso	gruñón	grupo	grosero
grito	gripe	gratis	grey	griego

El juego con espada se llama esgrima.
La sangre tiene glóbulos rojos y blancos.
La grúa es una máquina que sirve para levantar
cosas pesadas.
El tigre es un animal carnívoro que se alimenta
de la carne de otros animales.

X  xilófono X

xa – xe – xi – xo – xu
xe – xo – xa – xu – xi
xu – xi – xo – xa – xe

 examen

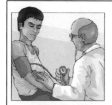 éxodo

 extinguidor

 experimento

 fax

 boxeo

axila	sexto	extremo	extranjero	explotar
axis	texto	excusa	experiencia	expresar
boxeo	mixto	extraño	extremidad	excursión
galaxia	éxito	expiración	exposición	exportar

Calixto estudia sexto grado.
Xiomara observa el experimento.
El maestro explica el uso del extinguidor.
El xilófono es un instrumento musical hecho de madera.

Cr  cráter cr

cra – cre – cri – cro – cru
cre – cro – cra – cru – cri
cru – cri – cro – cra – cre

 escribir

 cresta

 secretaria

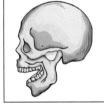 cráneo

 criminal

 crema

crema	crematorio	criminal	cruel	cristal
criticar	micrófono	criollo	crisis	cruz
criado	cronómetro	crear	crédito	creer
crucero	cruz	cromo	crudo	crecer

La crin es el pelo que tiene el caballo en el cuello.

El crematorio es el lugar donde se queman los cadáveres.

El cráter es la abertura que tienen los volcanes por donde arrojan humo y lava.

accidente

instrucciones

construcción

diccionario

inyección

occiso	adicción	destrucción	occidente	sección
acción	reacción	calefacción	colección	lección
acceso	selección	corrección	accesorio	dirección
cóccix	accesible	perfección	accionista	acceder

Las inyecciones son dolorosas.

Juan colecciona estampillas y monedas.

Los ejercicios de fracciones son difíciles.

Muchas personas mueren en accidentes de tránsito.

El cóccix es un hueso donde termina la columna vertebral.

Para escribir correctamente las palabras debo consultar el diccionario.

Antónimos

día   noche

gordo   delgado

sentado   parado

veloz   lento

limpio   sucio

invierno   verano

Las palabras que indican ideas opuestas se llaman antónimos.

Sinónimos

casa
hogar
domicilio
vivienda
residencia

pelota
balón
bola
esférico

lentes
anteojos
gafas
espejuelos

vía
carretera
rúa
camino

habitación
cuarto
recamara
dormitorio

carta
recado
epístola
esquela

carro
auto
automóvil
coche
vehículo

trabajo
tarea
labor
obra
faena

Las palabras que tienen el mismo significado se llaman sinónimos.

Homónimos

llama

cometa

bomba

ratón

gato

batería

Las palabras que tienen igual escritura pero distinto significado se llaman homónimos.

Parónimos

 **casa**
(vivienda)

 **caza**
(cazar animales)

 **as**
(carta de naipes)

 **haz**
(haz de leña)

 **botar**
(tirar)

 **votar**
(elegir)

 **cocer**
(hervir)

 **coser**
(costura)

 **zumo**
(jugo)

 **sumo**
(luchador japonés)

Las palabras que tienen pronunciación similar con distinto significado se llaman parónimos.

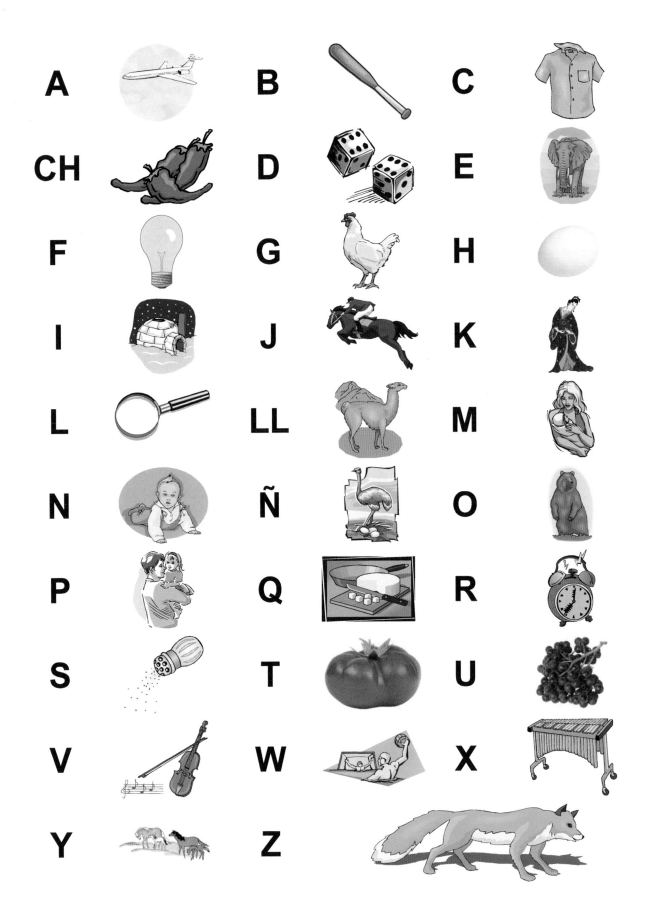

A
CH
F
I
L
N
P
S
V
Y

B
D
G
J
LL
Ñ
Q
T
W
Z

C
E
H
K
M
O
R
U
X

Abuelita:

Me siento feliz porque he logrado mi primer triunfo, aprendí a leer y escribir. Estoy muy agradecida con todas las personas que me  ayudaron, sus esfuerzos no fueron en vano.

He aprendido cosas muy interesantes que me servirán mucho cuando sea grande. También le doy gracias a mi mamá y a mi papá por ayudarme a estudiar mis lecciones todos los días.

Le cuento que el próximo año iré a la escuela y me matricularán en segundo grado.

Salúdeme a mi abuelito.

Su nieta que tanto la ama,

Angélica

Made in the USA
Lexington, KY
02 October 2013